字的童話系列

親子活動讀本

作者｜王文秀、曾文慧、陳凱筑、陳純純、江艾謙

責任編輯｜蔡忠琦、李寧紜
美術編輯｜郭惠芳、蕭雅慧

天下雜誌群創辦人｜殷允芃
董事長兼執行長｜何琦瑜
媒體暨產品事業群
總經理｜游玉雪
副總經理｜林彥傑
總編輯｜林欣靜
行銷總監｜林育菁
資深主編｜蔡忠琦
版權主任｜何晨瑋、黃微真

出版者｜親子天下股份有限公司
地址｜台北市 104 建國北路一段 96 號 4 樓
電話｜（02）2509-2800　傳真｜（02）2509-2462
網址｜ www.parenting.com.tw
讀者服務專線｜（02）2662-0332　週一～週五：09:00~17:30
讀者服務傳真｜（02）2662-6048
客服信箱｜ parenting@cw.com.tw
法律顧問｜台英國際商務法律事務所．羅明通律師
製版印刷｜中原造像股份有限公司
總經銷｜大和圖書有限公司　電話：（02）8990-2588

出版日期｜ 2005 年 12 月第一版第一次印行
2021 年 6 月第三版第一次印行
2023 年 9 月第三版第五次印行

訂購服務
親子天下 Shopping ｜ shopping.parenting.com.tw
海外．大量訂購｜ parenting@cw.com.tw
書香花園｜台北市建國北路二段 6 巷 11 號　電話（02）2506-1635
劃撥帳號｜ 50331356 親子天下股份有限公司

字的童話

親子活動讀本

目錄

【字的童話】親子活動讀本

導讀與遊戲

臺北市立健康國小與臺中附小教師群

企劃緣起

中文才是競爭力！

親子天下執行長 何琦瑜

二〇〇五年初，我們剛開始籌備《天下雜誌》童書出版時，教育界正掀起「搶救國文」的運動。聽起來有些荒謬，在台灣的孩子，人人爭學英語，但中文能力日益衰退到必須「搶救」的地步。另一個現場，歐美國家，乃至鄰近的韓國，卻掀起爭學中文的熱潮，因為以中國為主的「中文」區域，即將崛起為世界的經濟霸權，西方國家的孩子們爭學中文為「第二外語」，華語教師炙手可熱。以英文為母語的人口不過四億，只有中文母語人口的三分之一。所有人都相信，中文才是未來的競爭力。

為什麼孩子應該「好好學中文」？因為中文的閱讀與理解能力是所有學習的基礎。許多孩子數學考不好，是因為他看不懂中文，不了解題目在問什麼。中文是各行各業功成名就的踏腳石，中文不好，代表著自我表達能力受限，再多專業知識都不能彌補。語言的邊界，就是世界的邊界。當孩子懂得並善用自己的文字與文化，才能更有自信的往外探索廣闊美好的新世界。

【字的童話】：中文閱讀的入口

因為如此堅定的相信，我們開始企劃【字的童話】系列讀本。希望以中國文字為創意的起點，把中國字的趣味與變化，融合在幽默溫馨的童話故事裡。我們希望透過童話，引發孩子對中文閱讀的興趣。讓孩子開心的記憶、理解、認識字。讓孩子從輕鬆有趣的童話開始，跨過閱讀的門檻，展開人生閱讀的美好旅程。因此，我們諮詢文字學、教育、閱讀領域的專家，找出孩子識字與閱讀的原理原則，將它編撰為系列大綱，構成「字的形音義」、「字的化學變化」、「字的排隊遊戲」、「字的主題樂園」、「文字動物園」、「文字植物園」、「字的心情」七本綱要方向。

另一方面，所有的專家都告訴我們，唯有「趣味」，才能引起學習的胃口。所以我們邀請兩位得獎無數、兼具幽默感與文學素養的兒童文學作家林世仁和哲也一起討論創作的主題和方向。他們創作的童話，想像力豐沛，不僅能逗得孩子開懷大笑，更超越「字」義之外，激發孩子更多元的思考。

從圖畫轉進文字的橋梁

孩子從純粹圖畫的閱讀，開始轉進文字的閱讀，父母絕對需要幫助孩子，找到適當的「橋梁書」，不至於讓孩子在文字面前碰壁，自此關上閱讀的大門。【字的童話】系列，特地找到十三位愛好這些故事的童書插畫家，繪製可愛風趣的插圖，創造與一般讀本截然不同的圖像趣味。這是針對需要橋梁書的閱讀階段，最好的讀本。

除了七本故事讀本之外，我們特別邀請長期研究閱讀與識字的中央大學學習與教學研究所柯華葳榮譽教授，以及健康國小的資深國語文教師群，撰寫了相關的導讀和語文遊戲活動，非常適合教師教學使用，或是讓家長跟孩子把好玩的語文遊戲當成親子活動。希望「字」在生活裡，讓孩子自然而然愛上中文。

【字的童話】系列架構簡介：

1. 字的形音義（書名：《英雄小野狼》）

孩子對字詞的學習，最初是從「音」的熟悉和認識開始。所以國外的讀本系列，都以韻文、短詩為第一階段的閱讀素材。從音的熟悉，進展到對字形、字義的理解。「字的形音義」一書充滿著「朗朗上口」的好故事，非常適合開始學字的學齡兒童。

2. 字的化學變化（書名：《信精靈》）

當同一個字放在不同的位置，和不同字「交朋友」，就跨出了「單字」，進入「詞」與「句」的階段。同樣的字會產生「化學變化」，表達不同的意思。「字的化學變化」一書，以最簡單的十個字為中心，發展出十篇人物、背景截然不同的奇想童話。

3.字的排隊遊戲（書名：《怪博士的神奇照相機》）

同樣的句子，倒著念，順著念，從中間念，條條大路皆可通。這就是「字的排隊遊戲」，是本套書中最具「遊戲性」的一冊。不僅故事幽默風趣，還可以「邊看邊玩」喔。

4.字的主題樂園（書名：《巴巴國王變變變》）

中文閱讀裡有好多看似無用，其實有大用的虛字、疊字、量詞、狀聲和語助詞。為什麼會說「乾巴巴」，而不說「溼巴巴」呢？憑藉著長期閱讀培養的語感，我們學會用這些字，或是加強語氣，或是更細緻地描繪所見所想。在「字的主題樂園」一書中，作者運用了中國字裡精采的「特殊字」，彷彿讓讀者身歷其境，看見、聽到、感受到在「主題樂園」裡歡樂的聲音和情緒。

5.文字動物園、文字植物園（書名：《十二聲笑》、《福爾摩斯新探案》）

比擬，是中文寫作重要的技法之一。當孩子從字到詞、從詞到句構的基本功完成後，就開始要潛近字的「想像」與「比擬」的境界。「老虎鉗」沒有老虎的吼叫、「牛皮紙」並不真的是牛皮做的，生活周遭的植物和動物，是孩子最常接觸、用以比擬的主題。在「文字動物園」和「文字植物園」中，作者以意想不到的方式，帶給孩子對植物和動物超寫實的驚奇。

6.字的心情（書名：《小巫婆的心情夾心糖》）

形容詞的豐沛與否，決定了孩子表達能力的強弱。如何形容不同程度的快樂、悲傷、憤怒等，不同程度的情緒和心情？在「字的心情」一冊中，作者用溫馨動人的童話，把心情「一網打盡」。

推薦文

閱讀和文字，文字和閱讀

兒童文學大師 林良

關心兒童閱讀，是關心兒童的「文字閱讀」。

培養兒童的閱讀能力，是培養兒童「閱讀文字」的能力。

希望兒童養成主動閱讀的習慣，是希望兒童養成主動「閱讀文字」的習慣。

希望兒童透過閱讀接受文學的薰陶，是希望兒童透過「文字閱讀」接受文學的薰陶。

閱讀和文字，文字和閱讀，是連在一起的。

這套書，代表鼓勵兒童的一種新思考。編者以童話故事，以插畫，以「類聚」的手法，吸引兒童去親近文字，了解文字，喜歡文字；並且邀請兒童文學作家撰稿，邀請畫家繪製插畫，邀請學者專家寫導讀，邀請教學經驗豐富的國小教師製作習題。這種重視趣味的精神以及認真的態度，等於為兒童的文字學習撤走了「苦讀」的獨木橋，建造了另一座開闊平坦的大橋。

推薦文

從具體的圖像到抽象的文字

前國立臺東大學兒童文學研究所所長 張子樟

八十年代以後，由於經濟成長快速，臺灣的兒童文學進入新的發展空間，不少的本土作品有了出版的機會，加上國外譯本的引進，給人兒童文學蒸蒸日上的感覺，全省各地的故事媽媽團體紛紛成立，大力推動閱讀活動。兒童文學作品有了新的銷售管道，學童的學習進入另一個階段。然而，各地媽媽故事協會至今仍多以介紹繪本為主。

誰也不能否認，這是一個圖像世界，但繪本只是圖像的一部分，電視、電影、漫畫、動畫同樣也是以圖像為主，文字為副。這些媒介好像都不需要借助說故事的人，學童可以直接進入。令人擔心的是，講故事的人如果以繪本為主，孩童會不會有一個錯誤的想法：「這個世界完全由圖像構成。」

繪本的階段性任務

繪本的使用，應該是有階段性的。繪本大致上可分為無字繪本、有字繪本。無字繪本往往給講故事者比較寬闊的空間。小孩在學習階段喜歡重複，往往會要求同一本無字繪本講解兩、三次。不同的情境，說故事的內容與技巧應該也不相同。如果是有字繪本，說故事的人不知不覺就會遵循文字的敘述，最多在抑揚頓挫上講究，使故事的敘述更加生動。但以圖像為主的學習，究竟應該維持多久，則是一個見仁見智的問題。因為閱讀繪本已經不是孩童的特權，許多大人也熱中參與。

依我看來，借助繪本加強閱讀，應該是階段性的。以識字多寡及學習正常速度來做推斷，我們假定繪本可以使用到國小四年級，但這並不是說四年級以後不要再看繪本，而是說隨著年齡的成長，為人父母與師長要不要去思考另一個問題：什麼時候該讓孩童進入抽象的文字世界？

根據研究，閱讀繪本與純粹文字的作品時，閱讀者的腦波現象並不一樣。對於心智的啓迪，後者的功效超過前者。隨著年齡的增長，孩童必須學習如何面對抽象文字的挑戰。進入國中後，文字量倍增，圖像大概只剩下少許的插圖，學習如何使用正確的文字，極可能是成長後必備的技能之一。

抽象的文字，給予每一個學習者寬闊的想像空間，同樣一段文字，不同閱讀經驗的讀者自有不同的感受。就像《紅樓夢》，我們想像中的賈寶玉、林黛玉絕對不是同一個模樣；但如果拍成影片，則賈寶玉、林黛玉往往就成為統一的圖像。這樣的觀念，也可能涉及到選擇性的記憶與失憶，也許每一個人心中自有防衛機制，接納喜歡的、排斥討厭的。但抽象的文字可以激發想像力與創造力，則是不爭的事實。如何把具體的圖像轉成抽象的文字學習，應是希望工程的一大議題。

為孩子架起進入抽象文字世界的橋梁

現在的孩童，由於資訊的發達，學習能力遠勝於父母，但父母還是必須擔任守門員的角色，不是故意去過濾，而是積極去挑選適合他們閱讀的作品。從繪本出發，然後開始以漸進式的方式去接觸文字。【字的童話】系列的編寫就有這樣的打算，以遊戲出發，將趣味帶入，不管是「字的形音義」、「字的化學變化」、「字的排隊遊戲」、「字的主題樂園」、「文字動物園」、「文字植物園」或「字的心情」都有這樣的意圖，也達成了某些功效。

本系列的書立意很好。對教學者來說，在教學上可以提供教材，而且內容上可以繼續加強發揮的空間依然不少，不論成語的內涵、迴文詩都關注到字詞的學習，真正的功效可能有待實際教學的驗證，然後再力求深化。這個系列擔任的是架橋工作，希望學童在勤讀繪本之餘，藉由這套書慢慢進入抽象的文字世界，由淺入深，伴隨身心成長，最後完全進入抽象的文字世界，在先知者的智慧結晶中擷取養分。

總論

字感、詞感、語感

中央大學學習與教學研究所榮譽教授 柯華葳

讀者看了題目可能會問：「這是什麼？」

「感」是感動、感受、感覺的感。字、詞、語就是一般所說讀字的字、詞彙的詞、口語的語。字、詞、語加上「感」，簡單的說，就是對字、詞、語的感覺，不論是學習、欣賞或創造字、詞、語，都是使用字、詞、語很重要的能力之一。

從認字到組成有意義的詞彙

一般而言，閱讀文章或書籍若要有所理解，要先認字並將字組成有意義的詞彙。

中文字由許多部件組成。有的部件可以構成部首、聲旁，甚至一個中國字。如「木」是部首，「可」是聲旁。但有的部件單獨不成字，卻是構成中國字的關鍵。例如「大」多一點變成「太」，這一點是部件，少點不成太。至於字的部首旨在提供意義，聲旁則提供讀音的訊息。「木」、「可」放在一起念「柯」，是樹木的一種。又例如「腦」、「惱」、「瑙」，三個字的左半邊分表肉體、心情、玉石，右半邊都一樣，表聲。三個字讀音相同，但是意思不同。

認中國字要注意部件、部首和聲旁。能利用這些條件，遇到生字時，一旦確認它是中國字（字感之一），不用查字典就可以猜出新字的字音與意義。這也是字感。

詞感有助於理解新詞

詞是基本的意義單位。有的中國字就是詞，如木、可，或是你、我、他。但是有的字不成詞，如「葡」。大家都知道「葡萄」是什麼，但說不上「葡」是什麼。多數中國詞由兩個字組成，也有的詞由三個字或四個字組成。詞彙由字組成，因此我們可以創造新詞。媒體（包括網路）每天產生許多過去沒有看過的詞彙，但不是每一個新組成的詞都是新詞彙。就像讀到生字，若遇到沒見過的詞就需要查字典或問人，閱讀的速度會慢下來，理解自然受影響。這時就需要「詞感」幫助我們理解新詞。

中文詞的組成也和中國字一樣，有規則可循。例如感動的「感」放詞前，我們可以說「他感動了我」；性感的「感」放詞後，但我們不說「他性感了我」。我們怎麼知道後者不太合適？這就是語感。不必等到語言學者或國文老師說哪一種表達方式才算正確，我們就會覺得哪一些詞可以接受，或哪一些詞怪怪的。雖有規則可循，有的我們知道其中道理，有的「說不上來，但就是這麼一回事」，有的可能我們自己都不知道怎麼判斷是否正確。這當中包括否定字的使用，如「不」。好吃可以變成不好吃，善良變成不善良，但是好人不能說不好人。為什麼呢？

再以「子」這個字為例。許多字後面都可以加「子」，如小子、老子、猴子、獅子，或是貓子、虎子、牛子；不過後三者的「子」與前四者的「子」意思似乎不同。又例如：桌子、椅子、板子、盤子、叉子。那麼，可以說「碗子」嗎？還有，為什麼可以說妹子但不可以說姊子？而弟子的「子」意思似乎又不同於妹子的「子」。這麼複雜的用法，我們怎麼學得來？有趣的就是，若要把「子」的使用規則羅列，一一教導，一定教不全，學生也會受不了。唯一、而且是研究上肯定的途徑，就是多聽多讀，或是有機會玩字和詞的遊戲。換句話說，豐富的語文環境，對兒童學習語文是有幫助的。

我們再舉幾個文字變化成詞的例子。

1. 字的位置。一個字可以在第一個位置，也可以在第二個位置。有時意思可以一樣但有時意思改變。如一「打」、「打」毛衣、「打」傘、「打」架。又如辣一點和一點辣，哪一個辣？

2.字的倒置。意義或許接近、不同，甚至變得沒有意義。例如感傷和傷感、感性和性感、感化和化感，哪一組的變化可以接受？

3.字的重疊。「甜甜蜜蜜」比「甜蜜」似乎多了許多「甜」和「蜜」，但為什麼可以說「笑哈哈」，卻不說「氣哈哈」？另外，「一點」和「一點點」的差異又是什麼？

詞的五大特色

由字組成詞後，詞的一些特色由是產生，例如：

1.量詞：「張」開，和一「張」桌子，「尾」巴和一「尾」魚；但有尾巴的老虎不算一「尾」。

2.狀聲、狀形或狀情詞：例如以大自然的動物、植物描述型態

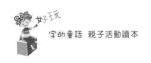

或感受。老虎鉗是老虎嗎？筆直像松樹夠挺直嗎？溼答答的心情有夠壞吧？

3. 語氣詞：如啊、啦、吧、嗎。少了這些語助詞，文章會減少許多味道。但是用多了，滿篇「啊啦吧嗎」，又顯得拖泥帶水不俐落。

4. 數字詞：如十全十美、五花八門等。這些是數學，還是語文？全心全意可以減三心二意嗎？

5. 迴文：因字的位置可以移動且形成不同的意義，就有所謂的「迴文」，無論從第幾個字讀起都是有意義的。如，好花開多美、花開多美好、多美好花開……。本系列中的「書生嚇一跳」就是一篇有趣的迴文。

上述關於字與詞的組織可簡化如下頁圖，希望幫助讀者更清楚字詞間的變化。

帶領孩子發現字、詞的趣味

親子天下總編輯何琦瑜跟我一樣喜歡文字，問我有沒有這樣的童書（不是教字的書）可以幫助兒童，透過閱讀，多認識字詞的趣味，我說寥寥無幾。她動作俐落且快速的整理出字與詞構成的大綱，再找作者動手以故事引出中國字、詞的特色。這幾冊故事算是拋磚引玉，希望孩子閱讀後，發現中文字、詞組合的趣味。而成人給字詞練習

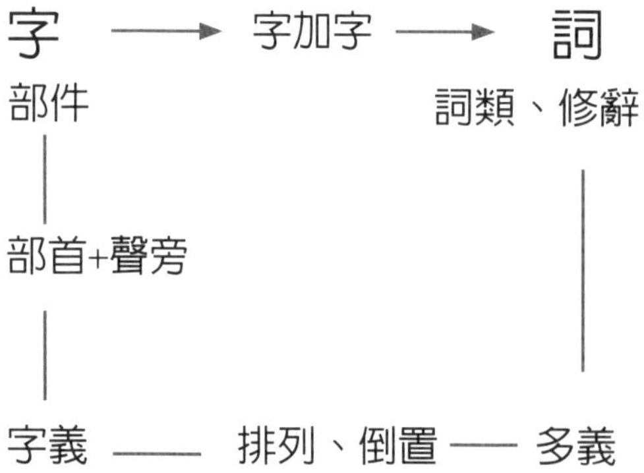

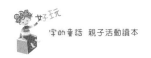

時，不要再以抄寫為主，多著重字詞欣賞和語文創意。

字詞的趣味在於使用它的人。親子天下出版這系列書的本意不在說明造字和組詞的方法與原則，而是希望透過故事，讓兒童體會到每天閱讀的字和詞有其組合的原則，進而善用這些原則來辨識新字詞，自己發展出字感、詞感與語感。有了這些「感」，閱讀起來必然更能感受讀物字裡行間的趣味。

《英雄小野狼》

——字的形音義

臺北市立健康國小老師　王文秀

一般孩子的識字歷程，往往是先認識字的「形體」，再由爸媽或是老師指導「讀音」，最後才懂得「字義」及使用時機。像是過去兒童的啓蒙教材——三字經、百家姓、千字文等等，都是要求孩子逐字指讀後，讓他們在這群常用字中，找到字與字的異同處，再經由比較、相互辨別，最後做文字的再確認，這才完成識字工程。而啓蒙教材的功能除了讓孩子念得順口外，還可透過認讀方法識字，字義則往往隨著閱讀文章的不同而異，再由老師一一解釋。

現在孩子識字過程中，最常問的就是：「那是什麼字？」這個字可能是他注意很久或是有興趣的字，才會引發識字的強烈動機。協助孩子識字，最重要的就是幫忙找到字與生活經驗的連結，當「字」與孩子產生特定的連結後，這個字對孩子來說才有意義，否則依然是個不會使用的「生字」。例如：孩子在認識「媽媽」、「奶奶」、「妹妹」這些字時，會發現她們都是女生，所以都有個女部，而「媽」字右邊的「馬」像是媽媽罵人時的大嘴巴和四顆大牙齒；「奶」字右邊像是奶奶彎著腰、拄著枴杖在走路；而「妹」字右邊的「未」像是妹妹的蓬蓬裙。這樣的解釋方法和孩子的生活經驗結合，比起讓他強記「女」加「馬」、「乃」、「未」會變成哪些字，來得重要且有意義。

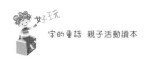

一、以貌取「字」——文字的形體

識字最基本的步驟，就是讓孩子從一群字中，找到字與字的差異點，例如：雨、雲、霧、霜、雪等字，這些字都有個「雨」部，配合不同字的元素。孩子必須對字的差異有所覺察，才能開始分辨字音和字義，否則學了「董」字以後，便把街上的「薑」母鴨念成「董」母鴨；學了「大象」之後，就把「大衆」皮鞋唸成「大象」皮鞋。這類的趣事，都是因為孩子對字的了解尚未完整，因此，字形的分析能力是識字基礎。

認識字形的過程可以非常有趣，最簡單的就像在「小豆豆找家」中，利用同部首加上不同偏旁組字，將識字範圍擴大，例如：「水」部中有江、河、洗、溝、洋……等，往後當孩子看到水部時，就可以猜測這個字和水有關，以此類推，「木」部就和木材有關係，而「火」部和燭火使用相關。因此，當孩子開始找字與字之間的差異，並對這些字的差異形成自己一套解釋系統後，這些字對孩子就開始產生意義。

此外，「男生好還是女生好？」一文中，要孩子認識的是所謂的「離合字」，也就是認識由兩個各有其意義的字根所組成的字。例如：古時候在「田」裡需要出「力」氣的大部分是「男生」；這個人做事「不」太公「正」就是「歪」……等，可以陪孩子建立一套屬於自己的識字系統，讓孩子在識字時對這個字產生連結，形成記憶。

◎遊戲一：字根組字

玩法：在中間字根的上、下、左、右各加一個字，讓它可以變成許多其他有意義的字

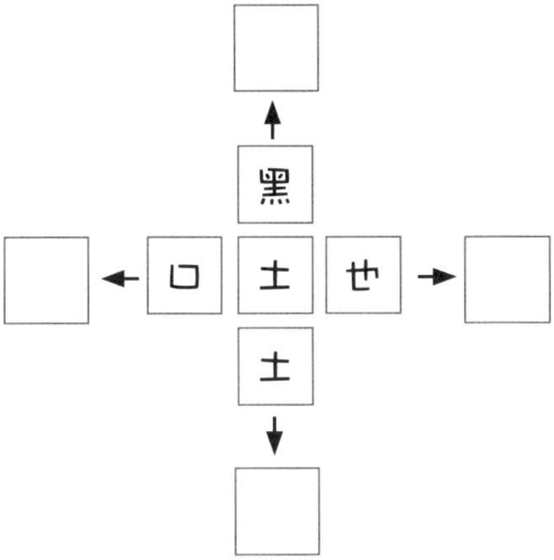

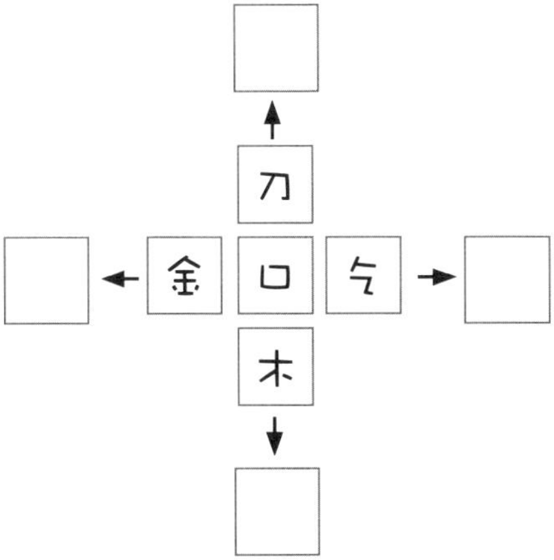

◎遊戲二：字的層疊

玩法：想想看，有哪些字可以玩疊羅漢的遊戲？

木	金	水	火	土	日
林	鍂	沝			
森	鑫	淼			

二、聽音辨字——文字的讀音

中國字的讀音又是一大學問，單字變成語詞後，讀音往往會改變，例如：「不」字，後面接「好」、「行」都是念ㄅㄨˋ；後面接「是」、「要」則是念ㄅㄨˊ。遇到「不」字時，要先觀察前後文字，藉由過去累積的經驗判斷讀音及字義後，再進行接續閱讀及理解。因此，閱讀文字是一連串不斷猜測、分析、判斷的過程，而大量閱讀對學齡兒童是絕對必要的。孩子得經歷多次的練習和判斷的經驗，才能累積對文字的分析能力及敏感度，也才會縮短他認字的時間。

過去要建立孩子對同音字的認識，最常使用的方法就是念「繞口令」，例如：「扁擔長，扁擔寬，扁擔沒有板凳寬，板凳沒有扁擔長，扁擔要把扁擔綁到板凳上，板凳不讓扁擔綁到板凳上，扁擔偏要把那個扁擔綁到板凳上。」藉此讓孩子練習「扁擔」及「板凳」的讀音。但如果沒有適度加入「劇情」，其實對孩子來說，一方面要把相似的字正確讀出來，另一方面又要去理解它所表達的意思，不但不有趣，反而有些痛苦。在「英雄小野狼」和「灰雞搭飛機」兩篇故事裡，作者不只加入好玩有趣的情節，還把文字修飾得流暢、生動，讀起來不但詼諧有趣，更增加了豐富的節奏感。

◎遊戲一：多音字【同一個字有許多不同的讀音】

玩法一：請在（　）內填入正確的注音

※雨後的夜晚，萬里無雲，正是觀賞星宿（　）的好時機。因此我們便到陽明山上的舅舅家借宿（　）一宿（　），好讓我們可以盡情觀賞星空的浩瀚，而不必擔心讓爸爸開夜車下山的危險。

解答：ㄒㄧㄡˋ　ㄙㄨˋ　ㄒㄧㄡˇ

玩法二：請將「和」的所有讀音（ㄏㄢˋ　ㄏㄜˋ　ㄏㄜˊ　˙ㄏㄨㄛ）組成一段文句。

例：最喜歡和（ㄏㄢˋ）媽媽一起晒衣服了，聽著媽媽隨口哼出的鄉村小調，我隨聲應和（ㄏㄜˋ），不知不覺的所有衣服都放置到最合適的位置。經過太陽柔和（ㄏㄜˊ）的撫摸，衣服不只有太陽的香味及暖和（˙ㄏㄨㄛ）的觸感，穿在身上更覺得整個心情都舒坦了起來，大自然的力量眞是偉大呀！

三、字詞的雙面人——文字的含義

小時候最幸福的一件事，就是媽媽幫我帶愛心便當。有一天，媽媽如往常問我今天的便當好不好吃，我突然欲言又止，因為心裡的回答是：「好吃是好吃，但是不好吃。」當時說不出口，只覺得這個答案很怪，事後想想，我的意思應該是：「好吃，但是不『方便』吃。」這時才發現，原來日常生活中，有些特定的字或詞可以有不同的解釋方法，這種文字遊戲可以增加許多生活的趣味！

在「傻蛋滾蛋」和「當心兒童」兩篇故事中，選用的都是生活中的雙關語，像是「當心」兒童，是要「小心別被兒童騙了」，而不是我們常用的「小心別傷害到兒童」。在「傻蛋滾蛋」中，出現了一些看似平常，實則充滿趣味的語詞，像是「看醫生」，是去找醫生診斷病情的意思，但就字面而言，醫生和我一樣，兩個眼睛一個嘴巴，為什麼要去「看」他呢？這是我們慣用語詞後，不易發現的另類趣味！又例如「滾蛋」是拿蛋來滾嗎？那「壞蛋」又是一種什麼樣的蛋呢？這些有趣又有意思的文字，其實在我們身邊還真不少呢！

◎遊戲一：常用詞的釋義

玩法：找找看，哪些字在不同的詞中，有不同的意思和讀音？

字	字義	讀音	語詞
打	用手擊物	ㄉㄚˇ	打人、打鼓
	慣用語	ㄉㄚˇ	打更、打鞦韆、打柴、打漁
疼	痛	ㄊㄥˊ	疼痛、心疼
	愛憐	ㄊㄥˊ	疼愛、疼惜
看	以目視物	ㄎㄢˋ	看中、看相、看齊
	守護	ㄎㄢ	看家、看門、看守

◎遊戲二：詞的兩種意思

玩法：有些詞在使用上有不同的意思，你發現了嗎？

句子	完整的意思
他「開心」去了！	棘手問題解決了，現在他「開心」去（快樂、輕鬆）了！
	幾經思考，他決定「開心」（動心臟手術）去了！
他終於出「ㄩˋ」了！	我在客廳左等右等，愛美的姊姊終於「出浴」（走出浴室）了！
	他痛改前非，三年後終於「出獄」（離開監獄）了！
請給我一個「ㄐㄧㄠ」「ㄉㄞˋ」！	「交代」：
	「膠帶」：

◎遊戲三：語詞的前後置換

玩法：找出前後置換後，可以有相同或不同意思的語詞？

意思類似	力氣／氣力	租稅／稅租	（　　）	（　　）
意思不同	中國／國中	花蓮／蓮花	刷牙／牙刷	（　　）
	喜歡／歡喜	成長／長成	糖果／果糖	（　　）

《信精靈》——字的化學變化

臺北市立健康國小老師　曾文慧

什麼是「變化」？什麼東西會產生變化？「化學變化」又是什麼？字可以變化嗎？「化學變化」好像是自然課才會看到的名詞，和語文有所牽連時，文字的化學變化歷程又是如何？

中國字千變萬化，一個字能衍伸出許多變化。在這些變化中，有的詞性相同，有的詞性不同，有的意思相近，有的意思又南轅北轍。運用中文多年的我們，是否曾想過這些字詞所蘊含的多種意義？它們又是如何為我們的溝通與表達帶來樂趣？同樣的，在教學現場中，我們可以如何陪著孩子發現字的化學變化，並且理解化學變化的過程？

我們可以藉由《信精靈》一書，透過朗誦故事、理解詞義、分辨詞性、整理歸納等學習活動，體驗中國文字的趣味，一起經歷這場奇妙的「文字實驗之旅」！

一、詞性金線圈

語言中的最小單位稱為「語素」。「語素」具有讀音、意義，也可以構成詞。中國字有很多單字都能表現其意義，如：天、生、好、手、打、包、火、公、開、信等，這些單字本身也是一個「詞」，可以做為語素，與其他語素組合起來，成為不同的詞，產生不同的類別。

從詞的意義來分，可以將詞分為實詞及虛詞兩類。實詞包括：名詞、動詞、形容詞、數詞、量詞及代詞等，這些詞的詞性很容易區分並加以應用；而虛詞通常用來表示語法關係，包括：副詞、介詞、連詞、助詞、感嘆詞、狀聲詞等。

本書中「哎呀，我的天！」、「真正的高手」、「火雞發火了」、「信精靈」等四篇故事，分別以「天」、「手」、「火」、「信」做為主題字。這四個主題字多屬於名詞的意義，延伸的用法也以字義出發的實詞為主，特別的是天字出現「天啊」、「我的天」的語助詞用法；手字則有技能本領厲害的「高手」、特殊技能的人稱為「國手」、親自製作的書為「手工書」等意義；火字在「火雞發火了」一文中，呈現的火雞真意是指赤紅色的雞，而火雞誤以為別人認為他是隻愛生氣的雞，看了火車、火箭的自信之後才接納自己，發現原來「火」可以有各種不同的解釋。

◎練習：擴散聯想

認識了字的詞性及意義後，以「擴散聯想」的遊戲來訓練孩子的類推與應用能力。

★「火」字除了火樹銀花、火燒眉毛等成語外，還有哪些相關的成語，各是什麼意思？

例：「以火救火」：方法錯誤的意思。

「火上加油」：致使事件擴大的意思。

★「生」字除了生龍活虎、生花妙筆等成語外，還有哪些相關成語？各是什麼意思？

二、情境變身水

「好」字在中國語文上，是美、善之意，也就是正面、肯定的意思，但前面加上「不」字之後，就成為消極的語詞。而什麼是「好」？一直說好好好，真的就是好嗎？什麼是「不好」？老是說「不好」或是被說「不好」，是不是就一定不好？什麼時候該說好？什麼時候該說不好？就要考驗我們的智慧了。

「好好先生與不好小姐」這篇故事裡的「好好」，是用來形容一個人個性上的溫和，能與人和諧相處；相對的，因為什麼都好、什麼都答應別人，這位好好先生成為缺乏理性思考的判斷能力、只能一味滿足別人無理需求的濫好人，不能當下給予自己及他人正確的價值。而「不好」小姐又是什麼原因讓她「不好」？她真的不好嗎？「不好」小姐與「好好」先生從相處過程中，找到了好與不好的平衡點之後，終於明白生活中要如何做出正確的價值判斷。我們讀了這個故事也會發現，即使是同樣一個「好」字，傳達的也不一定是正面的意義，除了字義上的認識，還得考慮使用文字的情境或上下文，才能得知文字的真意，這些情境就像變身水，讓原本單一固定的字義，有了千變萬化的面貌。

三、正負大氣壓

「公」字常被廣泛運用，除了人稱代名詞「公公」及「公雞」一詞以外，其餘的詞義都離不開公家的、公眾的、共有共享的。「公」字的相反字「私」，是指個人的。「公平？不公平？」這篇故事就探討了「公與私」的標準，「公平」是誰定的？誰必須遵守？有人提出「不公平」的抱怨時，又有誰可以協助居中協調？可不可以公家規定是一回事，公民履行又是另一回事？這之間的彈性空間有多大；可以因人而異嗎？「公私不分」、「公器私用」的事件，是不是經常發生在我們的生活中呢？這些問題，值得我們引導小朋友一起討論。

◎練習：還有什麼公？

主題字	字義	相關語詞
公	恰當正確的	公平、公辦、公正、公開、公道、公認、大公無私 公理、公證人
	群眾的	公園、公告、公務、公務員、公家、公事、公然
	對別人的尊稱	林公、（　）、（　）、（　）
	古時對國君的稱呼	齊桓公、（　）、（　）
	度量衡的單位詞	公分、（　）、（　）
	地方名詞	邱公館、（　）、（　）
	五等爵的第一位	公

四、大家說故事

將詞語正確分類完畢後，可以玩「串詞說故事」的遊戲，增進對各種語詞的理解。在故事創作中運用特定詞組，可訓練孩子對意義相近詞產生分辨能力，並能進一步讓孩子跳脫認識字詞的單一角度——讓詞語在全文中產生意義、靈活生動。這種說故事遊戲，是由孩子運用已知的知識經驗來創作完成的，在運作過程中，同時連結了其他詞類的變化應用。

◎遊戲：請孩子分組競賽

小組討論，創作出一個故事，故事中必須用到「公平」、「公認」、「公然」與「大公無私」四個形容詞，全班評選故事內容最生動的組別為優勝。

本書的故事適合中、高年級小朋友閱讀，內容淺顯易懂，從任何一篇著手，都可以讓孩子重新體會：原來認識語詞可以這麼多元。推動大量閱讀的目的，除了充實各學科的背景知識外，更可以大幅提升孩子的閱讀理解能力。家長或老師可以帶領小讀者透過故事的啟發，了解字與詞的關係，相信經過十篇故事的洗禮後，小朋友會發現，原來自己是自主學習中文的高手！

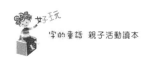

《怪博士的神奇照相機》

——字的排隊遊戲

臺中教育大學附設實驗國民小學老師　陳凱筑

在另一個國度，我曾經看過小鴨子排隊。寬闊平坦的馬路上，鴨子媽媽抬頭挺胸，引領著一群搖頭擺臀的小鴨子們，橫越在我眼中應是險灘的柏油路。鴨子媽媽雖然沒有哨子、沒有隊旗，身後的鴨子寶寶卻跟得很緊；牠們整齊的走向路的另一邊，延續探險之旅。

在熱鬧非凡的城市中，我見過人們的隊伍。人山人海的場面讓路顯得擁擠，卻也在擁擠中彰顯了一排排隊伍的規律——排隊看電影、排隊買甜甜圈、排隊上公車、排隊等電梯。人們習慣了排隊，在隊伍中找到秩序，也在隊伍中看見自己的所欲、自己的位置。

文字也會排隊嗎？是的，中國字有著神奇的魔力，可以排隊玩遊戲，可以排隊傳達意義。有些字與詞，在第一種隊形代表一種意思，卻在另一種隊形代表另一種意義。讓我們透過文字的組合方式，和文字玩一場排隊遊戲，也和文字進行一場「隊形攻防戰」！

一、直行隊形—字詞大接龍

以學齡中的孩子而言，最直接認識字的場所就是學校，而通常會逐字拆解意義引導孩子們識字的媒介即為課本。漸漸的，孩子所接觸的學習媒材愈來愈廣泛，他們會開始從其他書籍、媒體、或對話溝通中認識字與詞，並且了解到「字」必須在「詞」中方能產生意義。因此，「字」與「詞」是不可分割的。

若要測驗孩子在字詞應用上的能力，「字詞接龍」是一種方便又有趣的方式。在本書的「龍寶寶玩接龍」中，龍寶寶以「早起－起飛－飛快－快樂－樂園」為字詞接龍的開始，再逐步加深難度，從「二字詞」衍伸為「三字詞」，最後可以應用在句子與句子之間的續接，如「今天天氣好好－好寶寶真乖巧－巧克力真好吃」。關於「接龍」，可用於字詞的接續，也可用於數字上的接續，如「一、二、三、四、五」等。以下提供三種可進行的遊戲：

◎遊戲一：詞語接龍，每一次續接的詞必須比前一個詞多一個字。

示範

Q：第一個詞語是「觀看」，請依規則續接下去。

A：觀看－看電視－視而不見－見山不是山－山不轉則路轉

◎遊戲二：以成語進行接龍，每一次的成語必須包含一個數字，且須符合「一、二、三、四、五、六、七、八、九、十」的規律進行。每個成語中只能有一個數字，且該數字必須是成語中的第一個字。

示範

Q：第一個成語是「一見如故」，請依規則續接下去。

A：一見如故－二八佳人－三生有幸－四面楚歌－五福臨門－六神無主－七竅生煙－八面玲瓏－九霄雲外－十面埋伏

◎遊戲三：名詞接龍，將無關的兩個名詞以字尾續接的方式接在一起。

示範

Q：第一個名詞是「鮮花」，最後一個名詞是「體育課」，請依規則將這兩個名詞續接起來。

A：鮮花—花生—生意—意思—思念—念力—力氣—氣體—體育課

無論是哪一種接龍遊戲，目的都在激發孩子對字、詞聯想的擴散能力，並且透過遊戲規則的要求，讓孩子的思考能夠有所限制，以免造成天馬行空的胡亂回答。這些遊戲的規則可稍加變換，如遊戲二中，可規定必須說出「含有兩個數字」的成語，如「五花八門—六六大順—七上八下」等。在喚起學生背景知識的同時，更訓練了孩子的語用能力。

二、方塊隊形——字義小柯南

「猜字」是中國字最饒富趣味的種類之一，透過謎題的線索，連結已知的學習，並且也在答案中獲得回饋。本書中「紅妖怪白妖怪」、「誰來救公主？」與「巧克力小偵探」幾篇文章，都著重了「猜測」的主題。有的是猜字義，有的是猜句義；有的則是以不同的斷句方式來猜測文意，並得出「斷句不同將導致句意不同」的結論。

在「巧克力小偵探」一文裡，克力一家人最愛的就是偵探遊戲，透過句組及成篇的詩文，來傳達訊息——克力因而得知爸媽的意思是「冰箱牛奶瓶下」。訓練孩子在詩或文章中找出答案，重要的是讓孩子能夠清楚的看出提示，並且依照提示找出答案。在初始的活動中，可依孩子的能力，先讓孩子練習較為簡單的謎題，再逐步加深題目的難度，使孩子成為「字義小柯南」！以下提供兩種可進行的方式：

◎遊戲一：字謎組詞，根據提示猜出詞語。

示範

Q1：好水活得久（提示：二字詞語，二字部首相同）

A1：五個字中唯「水」是部首字，因此應為水部的字。活得久意為「長壽」，一字應是「濤」。另一字為水部且字根是「好」的意思……良，所以另一字是「浪」，組合為「浪濤」。

Q2：兩塊肉在桌上（提示：二字詞語，二字部首相同）

A2：六個字中唯「肉」是部首字，因此為肉部的字。意為「桌子」的字有「桌」、「案」、「几」等，加上肉部可組合成字的為「肌」。既是「兩塊肉」，「肌」之外應有另一個肉部字，而「桌子」的意思已被「肌」所用，因而另一字因為本字「肉」，組合為「肌肉」。

◎遊戲二：詩中找句，根據提示找出隱藏在詩裡的成語為何。

示範

Q：品高仿若龍

福報臨人間
欲之何地求
自是在心中（提示：四字成語，字中有兩個生物名）

A：二十個字中有生物意思的為「龍」、「人」，各出現在第一、二句詩中，另兩個字則可能出現在其餘兩句中。與「人」、「龍」二字有關的成語有「人中之龍」、「人中龍鳳」，經搜尋後發現，可在另兩句中找出「之」、「中」二字，因此該句成語應為「人中之龍」。

這兩種遊戲透過線索讓答案呼之欲出，孩子除了「看題目、找答案」外，還包括了一個重要的「想答案」歷程。在此歷程中，可鼓勵孩子應用「放聲思考」的方式，增進自己的理解能力；透過說出自己的思考過程，讓旁人理解解答者如何猜測，並且針對放聲出來的內容，給予進一步的提示及線索，鼓勵解答者一步步解出答案。遊戲一、遊戲二即為放聲思考的模式例證。另外值得一提的是，遊戲一的字謎提示不一定要「部首相同」，只要能讓孩子清楚該線索所代表的意義即可。

「猜測」的活動本就充滿挑戰性與想像力，在帶領的過程中，解答者透過自己的想像與已知的提示，理解字義甚至句意，配合比對，培養孩子「根據線索找答案」的能力，甚至可以運用在語文以外的領域。

三、圓圈隊形——字序大變身

修辭學中，「迴文」是相當高段的一種境界。藉由字的排列組合，營造出「怎麼念都行」的詩意，並且透過「怎麼念都行」的多重解釋，讓字義發揮最大的解釋性。本書的「傻孩子與機器人」、

「怪博士的神奇照相機」與「書生嚇一跳」三篇文章，都著重了「字的迴向」主題——有些詞正著念、反著念都有此用法，有些句子正著讀、倒著讀都讀得通，且有不同的境界。

引領孩子欣賞迴文的美，並且自行創作，會是一種令師生皆大歡喜的遊戲喔！以下提供兩種活動方式：

◎ **遊戲一**：三字迴文。尋找相關圖片，引導孩子說出圖片中的重要物或景，創作出三字迴文的字根。

示範

Q：（出示有高山、草地之圖片）。圖片中有哪些景物？以一個字、兩個字、三個字接續表達。

A1：山、草……聯想到高山、草地。將「高山」加入一字成為地方副詞……譬如「高山上」，將「草地」加入一字加強形容，譬如「草地青」。

A2：「高山上」（高山上面）——「上高山」（爬上高山）——「山上高」（山上高度夠）。

A3：「草地青」（草地是綠色的）——「青草地」（綠色的草地）——「地青草」（遍地都是綠色的草地）。

◎遊戲二：五字迴文。隨意指定主題，以詞性組合完成該詩句。

示範

Q：指定一字「花」，先後加入一個形容詞、地方副詞、副詞，使它成為完整詞語。

A1：加入「香」，花香。

A2：加入「山野」，花香山野。

A3：加入「滿」，花香滿山野。

A4：花香滿山野（花香傳遍整山）——野花香滿山（野花很香瀰漫山中）——山野花香滿（山野中充滿花香）——滿山野花香（山中都是野花香味）——香滿山野花（香啊！滿山的野花）

「迴文」的意境在於，將名詞、形容詞、副詞、動詞組合起來，當聽者連結到慣用語以及對詞的認識後，多半都能發出會心一笑；透過解釋與轉譯，讓每一種念法都能成立，這就是「怎麼念都行」的奧妙之處。

四、結語——文字排排站

我想像著許多文字，正像人一樣，排隊看電影、排隊買甜甜圈、排隊上公車、排隊等電梯……它們會呈現出什麼樣的隊伍？一定是直直的排著隊嗎？會不會彎彎曲曲的？還是亂中有序，儘管看來不像個隊伍，卻有一定的順序蘊含其中？

無論是如直行隊伍的接龍遊戲，字組整齊如方塊隊形的猜測遊戲，或字序改變、如圓形隊伍般的迴文遊戲，都引領人走入一場文字排排站的洗禮。藉由本書，讓我們走進與文字一同排隊的世界，人與文字，一同分享著生活中的喜怒哀樂。

《巴巴國王變變變》

——字的主題樂園

臺北市立健康國小老師　王文秀

單字、詞語、句子、段落及篇章的學習順序，是長久以來學習中文的不二法門。雖說認識單字是學習一切語文的根本，但是這個主題樂園藉由字、詞的認識，進而學習成語，讓孩子由聽故事、玩故事進而自己編故事、創造好玩且有趣的故事，不只語文程度會相對提升，更可藉由這個過程，讓孩子自由的接觸文字、體驗文字的美，最終的目標就是讓孩子自在的運用文字，達成「口說我心、手寫我意」的境界。

一、中國「字」的七十二變

◆字的含意

孩子識字不多時，通常由字的讀音或是已經認識的字來猜意思，像是：「草」莓大概是一種草吧！人生「路」可能是一條路的名字！到了低年級，即使兩個字的讀音相同，孩子也能分辨它們不同的含意，像是：自「豪」和絲「毫」、「鹹」味和「閒」談。在「王小小上學」的故事中，同學們利用王小小這個姓名做不同的「名詞解釋」，不只每個字拆開來有各自的解釋，組合之後更是充滿極大的想像空間。故事中同學們的玩笑被小小的媽媽一一化解，其實在日常生活中，我們也可以陪孩子一起想想他們自己或同學名字的含義。

◎遊戲：名字的聯想

想想看，當初爸媽命名時，對你有什麼期待？

寶貝的名字	爸媽的期待	同學的猜想
英俊	天下英才中最俊俏瀟灑的男子漢	還好他不是姓「吳」，不然願望就無法成真了！
國棟	孩子可以成為國家的棟梁	讀起來很像「果凍」，是不是他小時候很愛吃果凍？
心一	孩子，妳是爸媽心中唯一的寶貝	她和名偵探柯南的「工藤新一」有什麼關係呀？
（　　）	（　　　　　　　　）	（　　　　　　　　）

◆文字遊戲

「識字」需要長時間的累積，這種彷彿單調、無趣的過程，往往大為影響學習的效果。所以我們常用「字組識字」學習或是「字謎」遊戲，提高孩子的學習興趣及效率。「文字聚寶盆」及「蝴蝶寫詩」這兩篇故事，就是將這兩種遊戲規則故事化，藉由主角的帶領，讓孩子自然的接觸這些文字遊戲，不只是背誦文字，還增添了娛樂性及自主性，進而更能遊戲文字。

◎遊戲一：字根組字

玩法一：下面的字根中，哪些字根可以有最多的讀音？

工：工、江、虹、扛、缸、奸、紅……

扁：扁、騙、編、遍、煸、蝙、惼、艑……

玩法二：同部首的字，讀音和偏旁有什麼關係？

魚部：魷、鮑、鮭、鯉、鯊、鯨、鯖、鯽、鱈、鱒

虫部：蚊、蛙、蜂、蛾、蝸、蝦、螢、蟬、蟹、蚱蜢、蜘蛛、蜻蜓、蝴蝶

◎遊戲二：語詞中字的變化

玩法一：語詞中，改變一個字的部首，可以形成兩個不同意思的語詞。

老師說	換我試試
天地	天池
打獵	打（　）
一棵	一（　）

玩法二：語詞中，去除字的某一部分，可以形成另一個語詞。

老師說	換我試試
伸張	伸長
做事	（　）事
晴天	（　）天
枯樹	（　）樹

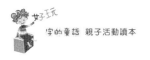

◎遊戲三：同韻母的詞【韻母相同的詞，例如：抖（ㄉㄡˇ）擻（ㄙㄡˇ）】

韻母	ㄠ	ㄥ	ㄢ	ㄨ
老師說	逍遙	朦朧	燦爛	服務
換我試試	照（　）	寧（　）	團（　）	瀑（　）
我也會玩	（　）	（　）	（　）	（　）

◎遊戲四：猜字謎

千里相逢（猜一字）【重】

不上不下（猜一字）【卡】

欲言又止（猜一字）【認】

一大兩小（猜一字）【奈】

半個月亮（猜一字）【胖】

二、「語詞」的魔法

中國文字的美，量詞的使用是重要關鍵。同樣是交通工具，我們就會說一「架」飛機、一「列」火車、一「輛」汽車、一「部」摩托車、一「臺」腳踏車；同樣是動物，我們也會說一「條」小狗、一「隻」貓、一「頭」乳牛、一「群」小羊，而在「離家出走的鋼琴」中，孩子將正確的量詞修正後，可以很明顯發現文句讀起來變得自然流暢，這就是中文美麗的地方。

小時候，通常我們會用簡單的形容詞來說明看到的事物，例如：晚上的天空是「黑的」、小妹妹的臉是「圓的」。長大些就會知道，要把事物說得更具體或更明確，使用的形容詞就必須加些具強調性的文字，例如：夜晚的天空「黑漆漆」、小妹妹的臉「圓滾滾」，這就是我們所謂的疊字詞。在「巴巴國王變變變」及「雙雙國與單單國」中，都是利用這些文字疊疊樂的遊戲，讓形容詞更活潑、更具可看性。而另一種可以讓文句變活潑、真實的方式，就是使用狀聲詞，在「小木屋裡的妖怪」中，利用狀聲詞的文字發音，讓孩子由聽覺轉化為視覺的學習，往後在文章中加入適切的狀聲詞，可以讓文句變得更生動。

◎練習：請使用疊字的修辭法造詞

例：冰涼→（冰冰涼涼）

清爽→（清清爽爽）

晶亮→（晶晶亮亮）

空洞→（　　　　）

孤單→（　　　　）

啼哭→（　　　　）

「又高又矮博士的妙點子」中，探討的是同義詞及反義詞的辨識。這個工作看似簡單，對孩子的語彙及文句安排能力卻是個重要的基本功。當孩子學會「大」是「小」的反義字時，我們就可以引導孩子推論「高」的反義字，而「小」與「矮」雖然意思類似，但是並不完全相同，藉由這種聯想方式，同義字與反義字的語彙得以擴增。而在作文裡，若加入修辭法（反襯法）的安排，不但文句的意思能夠完整，更可以突顯出作者的原意。

◎練習：請使用反襯修辭法練習句子

例：心煩的相反詞是（平靜）

造句：「心煩」的時候，何不抽空上山走走，漫步在山間曲徑上，吹吹山風、看看樹林、享受享受大自然的美好，往往就能讓心情「平靜」許多。（利用「心煩」與「平靜」說明心情，也突顯出大自然改變心情的力量。）

成語是眾多語詞中的精粹文字，認識成語能讓孩子見識到中國文字的博大精深，更能了解它深富哲理的含義。數字成語是成語中最有趣、最基本的一類。在教學上也常用數字成語的接龍遊戲，讓孩子們用團體的力量認識成語。在「小熊學算術」中，不只結合了語文及數學的練習，更將數學的答案美化成語文答案，例如：「天空÷全世界的人＝世界中的每個人，眼裡都有一片美麗的天空！」這種結合數學和語文的練習，可以陪孩子一起思考、激發創意，更可以品味出文字遊戲中的詩意與美感。

《十二聲笑》——文字動物園

臺北市立健康國小老師　陳純純

從孩子牙牙學語開始，聰明的父母總會拿出許多認知圖卡，想幫助孩子更快的學習新知。這些圖卡當中，以「動物」圖卡最為常見，當孩子看到圖卡中的圖像，能準確說出動物的名稱，更讓為人父母者雀躍萬分，以孩子的進步為榮。但隨著年齡的增長，閱讀的機會增加，孩子會漸漸發現：文本中出現的「動物」常常不再是原來圖卡中的意象，而有了各式各樣不同的意義，小小讀者需從文章中重新解讀文字的新意，才能順利完成篇章的閱讀理解。這本書就是依據不同主題，介紹幾篇有趣又易於學習的文章，讓「動物」為我們現身說法。

一、成語變調曲

成語是「詞義穩定的名言、名句、俚語、俗語、格言、諺語，被人經常應用，或是流傳廣泛的典故，成為日常生活的習慣用語。」這些成語的典故是從哪裡來的？所代表的原始意義是什麼？又該如何運用在日常生活中？

將成語拿來當形容詞，是日常生活中非常重要的表達方法，但使用過程中，卻不一定要死守原來的意思，偶爾可以拿來幽默自己或他人一下，轉化過的用法，會讓聽到或讀到的人有驚豔的感覺。

然而有時候，對孩子來說，用成語形容事物非常抽象，照著字面上的解釋，只能說出它的原意或想像原始故事，但要運用於生活中，需要配合情境的練習。因此，孩子們在造句的過程中，如何為自己的句子營造一個適當的情境，讓成語的使用恰如其分，在教學上相當重要，必須多加練習。

例如：「小明寫的字真是『龍飛鳳舞』哇！」乍看之下，頗有讚賞之意，實則當做「反語」使用，意在諷刺。如果使用的情境是在孩子表現優良時，這句話就真的是在讚賞；但若文章改成：小明拿回老師用紅筆寫著「字體潦草」的作業時，老師說：「小明的字真是『龍飛鳳舞』哇！」比照前後文的情境，孩子就會了解這句話這時的用意並非讚美。

如果將與動物有關的成語列出，再將它們編織成有趣的故事，藉此引起孩子學習成語的興趣，相信會讓孩子在成語的認識與運用更上一層樓。「十二聲笑」這篇故事，就是個充滿趣味且文意清楚的文章，不但將動物成語形容詞應用得淋漓盡致，更將它安排成孩子耳熟能詳的十二生肖來說明，除了讓讀者會心一笑之外，運用成語的能力必能成長迅速。

生活當中，身為父母師長的我們，是不是經常鼓勵或指責孩子的行為？讓我們也來整理一下，通常我們用在孩子身上正面或負面的形容詞有哪些？其中哪些和「動物」有關？相信用這種有趣的動物語言，孩子一定更樂於與父母溝通。

◎活動：想想自己像什麼

你覺得自己的個性、行為、說話方式與思考模式等，像什麼動物？用一個表格列出來，並說明這動物代表的意義，最後利用列出的表格寫一篇介紹自己的文章，然後念給父母或了解你的同學聽，看看大家的想法是否一致。

二、誰像誰？誰是誰？

中國文字中的一些形容詞用法，常會因人、時、地、事及表情的不同，產生不同的趣味變化。動物當然也能拿來形容身形、情境、時間、地點、動作。譬如說：「這個人在操場上的表現真是

『生龍活虎』。」這個人並不是龍或虎，但透過這樣的形容，他生氣勃發的樣子便躍然紙上。我們也會說：「鄉下的外婆家附近，有許多條『羊腸』小徑。」即使大家都知道那些小路一定比「羊腸」大很多。又例如：「『像鴨子一樣聒噪的』妹妹，總是在我做功課時干擾我。」則貼切傳達了作者的無奈與煩躁。

這樣的用法，我們在修辭學上稱為「譬喻法」。「譬喻」是寫作中最常見的修辭法，對許多人、事、物加上譬喻形容詞，更能彰顯作者的意念，若能利用「動物」敏銳的聽覺、嗅覺等特點來形容，就能讓文章吸引更多人閱讀。

我們來看看「原始人學說話」這篇文章：「喔！原來高興得像麻雀在跳一樣！……是『雀躍』萬分！」、「對呀，以後我們動作慢的時候，就可以說慢得像牛步。」、「哇！牛好會喘大氣！」、「嗯，以後我們可以說『氣喘如牛』！」這些動物形容詞適切的在故事中出現，如此一來，這些動物修辭是不是更淺顯易懂呢？

◎ **活動：**請用動物形容詞來練習造句，下次寫作文時就會「突飛猛進」了。

比喻身形	1. 已經累得像「狗」的爸爸，還是努力的幫我做考前複習，真是辛苦他了。 2.
說明情境	1. 小強忘了帶作業來學校，現在急得像熱鍋上的螞蟻一樣，深怕老師責備。 2.
形容動作	1.
言行譬喻	1.

三、以我之名，別有所指

日常生活中，有很多以動物為名的慣用語，事實上根本不是動物。想起來了嗎？「森林之王的夢」這篇故事就穿插了許多這類語詞：「斑馬線」、「金龜車」、「鵝卵石」、「鷹架」、「老虎鉗」、「蝴蝶結」、「牛皮紙」、「螢光燈」、「鴨舌帽」、「燕尾服」，它們是動物嗎？想想看它們和動物間的關聯。

在「奇怪的動物園」裡，這對兄妹沒辦法真的養寵物，就用想像力養了一些另類動物：「滑鼠」、「沙其馬」、「熱狗」等，在這些語詞裡，它們既不是動物，也跟動物形容詞無關，但是我們習以為常的使用這些字詞，也知道它們是什麼。

還有一類動物字，看起來像是某種動物，實際上卻是另外一種——名字的最後一個字是什麼，並不表示它就是什麼。譬如說：田雞不是雞，蝸牛不是牛，四腳蛇說的是蜥蜴，壁虎和爬牆虎跟虎一點關係都沒有，呆頭鵝甚至是用來取笑別人的話呢！

◎活動：

生活當中有一些物品的名字，乍聽之下令人摸不著頭腦，例如：秋老虎是哪一種老虎？懶惰蟲又是什麼蟲？這些看起來像動物，其實別有所指，你能找到幾個呢？試著找到下列語詞的解釋：

「人蛇集團」：

「抓兔仔」：

「吹牛」：

「猴急」：

「野雞車」：

四、俏皮話與猜謎

每年元宵節，在一片燈海之中，最令人興奮的就是猜燈謎了。以動物為謎題或謎底的俏皮話，除了能讓人會心一笑，也是孩子認識文字的窗口。透過精心設計的燈謎和詩謎，孩子可以試著在腦海裡複習、拆解字形，或想像字形、字音和字義的關係，從小開始領略文字的趣味。俏皮話更是在一般對話中增添趣味的好法子，例如：貓舔狗鼻子——自找沒趣；狗捉老鼠貓看家——反常；棒打鴨子——呱呱叫。

◎遊戲：園長大挑戰

親愛的小朋友，看完這本書，相信你心中的動物園中已經住了好多動物，有成語、形容詞、俏皮話，你能運用這些動物來完成下列任務嗎？

1. 找出跟動物有關的歌曲

2. 寫個跟動物有關的寓言故事

《福爾摩斯新探案》
——文字植物園

臺北市立健康國小老師 江艾謙

植物不會說話、沒有表情、只是在大自然中悄悄的成長，它沒有動物跑、跳、飛、爬的豐富姿態，也少了競相爭鳴的聒噪聲音，在自然界生物中，似乎永遠是被動的角色——隨風搖曳、因砍伐而逝去。這本《福爾摩斯新探案》有趣的地方，就在於對話角色幾乎都是由花、草、樹、水果所扮演，他們詼諧逗趣的言談，似乎在「中國文字」中找到了生命力，饒富趣味的謎語也好、名號被盜用的慣用語也行，甚或隱藏於地名中的玄機，這些都讓植物活了起來。孩子閱讀本書，引發對植物的興趣後，父母還可以帶著植物圖鑑，陪孩子穿梭在住家附近的巷道、徘徊於社區裡的生態公園，或走進充滿奧祕的大自然，一探究竟。

一、找出植物的特性，發現植物名隱藏在語詞中的意涵

植物會因外觀或生長特質，讓一般人產生刻板印象。比如「花」給人的形象是美麗的、色彩豐富的、亂的，因此孩子可以想像在「花花公子的花花世界」故事中，花樣年華、哭花了臉、花天酒地的意思。當然有許多慣用語，例如雪花、花燈、十八姑娘一朵花……，透過故事主角花花公子遭受一連串懲罰的經過，孩子也能順口說出跟花有關的名詞。同樣的道理，在「植物要搬家」的故事裡，藉由植物的控訴與倉頡的善意辯解，孩子在角色的交互對話中，經由上下文閱讀理解，自然而然了解植物成語的意思。

◎遊戲一：

請你想一想下列植物的特性，再從「植物要搬家」和「花花公

子的花花世界」故事裡，找到植物成語或慣用語，並做相互對照，找出其間的關係。

植物	植物特性	相互對照、發現關係	相關成語
樹	高大的、神木		樹大招風、玉樹臨風、百年樹人
	有的會結果子		自食其果
	樹幹粗		緣木求魚
草	短小的、不值錢的		寸草不留、草菅人命
	雜亂的		斬草除根、草草了事
蘭花	高貴的		蕙質蘭心
柳樹	枝葉下垂、濃密		柳暗花明、蒲柳之姿

＊還可以練習的植物有：花、瓜、竹、松、柏、梅

◎遊戲二：

想想看，有哪些植物被用來形容人的外貌，並在空格填上植物名。

面有（　　）色（　　）臉（　　）腿（　　）小口

註：另可延伸出鬥雞眼、鷹勾鼻、山羊鬍、鳳眼、玉手、啤酒肚、酒窩。

二、玩味國語及母語中的諺語

「俗語」就是民間流傳的共同語言，透過俗語可以了解的文化，它也代表我們共同的價值觀。「小浮萍和世界爺」故事中的俗語，都隱藏在順口溜的對白裡，包含了國語（十句）及臺語（兩句）。既然是俗語，可見其中出現的植物，一定是平民老百姓生活中常見的（例如：菜瓜、薑、葫蘆、麻），在父母及老師的引導閱讀下，還能隱約體會從前人的生活。當然在故事結尾，原本不被看好的小浮萍，最後卻克服萬難，和世界爺一起吹晚風、看夕陽。想想看，不同族群的和平共處，不也正是在追求這樣的態度嗎？

◎遊戲一：

請你從故事的敘述找線索，預先完成世界爺小檔案，讓小浮萍可以帶著走：

世界爺的身分證	
居住地	【參考答案：十萬八千里遠的地方】
外型	【參考答案：像椰子樹一樣】
事蹟	【參考答案：世界上最高大的植物】

◎遊戲二：

請你找一找還有哪些諺語。如果家人會說客家話或原住民族語，也可以問問家人，蒐集更多母語諺語。

舉例：

國語諺語	牆頭草，風吹兩邊倒。 桃李滿天下。 有心插花花不發，無心栽柳柳成蔭。
臺語諺語	一枝草一點露 歹竹出好筍 一樣米飼百樣人
客語諺語	無米兼閏月（解釋：屋漏偏逢連夜雨）
阿美族諺語	RENGOS MASAKAPOT KILANG MAKAKIJIN TAMEDAW MALIKUDA （解釋：草能組合，樹木能牽手，人要團結）

三、練習植物的猜謎

中國人自古就愛玩「猜謎」遊戲，由元宵節猜燈謎活動的熱烈反應，便可知中國方塊字的魅力。只可惜，近年來燈謎會場的盛況已不如從前，不知是社會的多元化分散了對燈謎的注意力，或是反映出對字形字義的不善解讀。在「沙漠裡的春天」故事中，可以歸結出猜植物謎語的幾個思考方向：（一）由植物外觀特性猜。（二）由謎面字詞義（或反面字詞義）聯想。（三）取諧音。（四）由植物名的字形猜。孩子想像力豐富，這可以作為家庭中茶餘飯後的親子遊戲。

◎遊戲：

請你依據上述猜植物謎語的思考方向，完成下表。

	謎面	謎底	思考方向
「沙漠裡的春天」故事	佛手	仙人掌	一
	白天不芬芳	夜來香	（　）
	五十加五十	（　）	二
	前面都是草地	（　）	一＋三
	接著來了一群羊	（　）	
其他謎語	看著像呆不是呆，一個口字掉下來	（　）	四
	楓樹無風，旁邊坐個老公公	松	（　）
	長生不老	（　）	（　）
	紅屏風，白蚊帳，中間睡個黑和尚	（　）	（　）

＊爸媽可以蒐集更多植物謎語和孩子一起玩

四、讓植物在本土與國際間安身立命

臺灣特定名詞——例如月分名和地名，大多有其發展由來。農曆的每個月分皆有不同名字，它與中國農業有很大的關係，農曆一到九月都是以植物來表示（一月是杏月，二月是桃月……八月是桂月，九月是菊月）；此外，植物也悄悄溜進台灣地名裡。在「福爾摩斯新探案」故事中，警察卓布道（捉不到）因為透過種種植物線索成功破案，所以改名為卓得道（捉得到），喜歡偵探小說的孩子，一定會對這篇故事充滿興趣。另外「誰是外來植物」故事中，透過西方之神上帝，與臺灣境管局官員土地公的越洋連線，關懷這群名字中有「胡、番、洋、昭和……」字眼的外來品種，讓他們實實在在的在臺灣落地深耕，這樣的精神，正是目前臺灣面對「新移民」人口應有的尊重與接納。

◎遊戲：

翻開地圖，先在自己家鄉縣市地名中，找出隱含植物的地名。（以桃園市為例：桃園、楊梅、蘆竹），接著以同樣方式，再找出鄰近縣市的地名，進而認識全臺灣。

五、歡迎……植物演員出場！

怎樣讓植物擬人化呢？在「植物桃花源」這齣戲碼裡，每種植物都的方式出場千姿百態，你將發現，他們的名字和動作有很深的關係！

「迎客」松—走　「雀」榕—飛　「觀音」石—雙手合十

「鳳凰」木—飛　「人」參—站　「太陽」花—眨眼睛

很有趣吧！老師可以邀請孩子們扮演這些角色，讓他們練習以符合身分的姿態踏進教室舞臺。

◎遊戲：

請你想一想，以下的植物會用哪些方式出場呢？

「仙」草——【　　】

「雛」菊——【　　】

「黑板」樹——【　　】

「天堂」鳥——【　　】

「欖人」樹（取諧音為懶人）——【　　】

《小巫婆的心情夾心糖》

——字的心情

臺北市立健康國小老師 江艾謙

什麼是心情?它很難一語道出,它就是一種感覺。

我們常常在公眾場合發現,年幼孩子表達情緒的方式比較直接、簡單,最常見的就是用又叫又跳表達高興,用哭表達生氣。但隨著年紀漸長,孩子會更細緻的區分情緒的不同程度,例如愉快和興奮就有程度上的差別;甚至於一個事件隱含了各種不同情緒,例如被誤會時,除了委屈之外,還有生氣。此外,文句中善用心情成語或比喻,能讓文章敘述更具體。

《小巫婆的心情夾心糖》一書,透過故事幽默對話,孩子一方面可以學著說出自己的心情，增進自我認識；另方面也可以與他人溝通心中的感覺，學習自在的面對人際間的喜怒哀樂。而溝通的前提正需要「具備相當的語言能力」。期待本書能帶領孩子，學習用語言打開心扉。

一、開啓心中的感覺

心情是比較抽象的概念，「天使的心情遊戲」讓孩子專注在這個主題上，從故事中小天使細微的感覺變化，將說不出的感覺定位。在此可以問問孩子，是否也曾有過如小天使心中那種酸溜溜、緊緊的，真希望那時沒那樣做……等等感覺，再定位出什麼是傷心、緊張、後悔……的感覺。了解自己後，才能進而啓發孩子的同理心，體會他人感受，並使用更精確的字眼道出對方的心情。

練習：記錄一週內自己及他人的情緒狀態

日期	事件	心理或身體的反應	情緒	心情溫度
星期一	(自己)我沒拿小丁的自動筆，但他硬是說東西是我偷的。	緊握拳頭 心跳加快	生氣 委屈	□熱□舒適 □涼□冷
	(他人)大明養的寵物過世了	低著頭，鼻頭有點紅紅的	傷心	□熱□舒適 □涼□冷

二、分辨情緒字眼的強弱程度

「企鵝爸爸，父親節快樂」、「我要生氣了」、「比傷心」這三篇，正好提供大量的情緒詞組，可以和孩子一起列出，再區別情緒語詞的強弱程度。整理之後會發現，強度較低的情緒慣用語，感受程度多留在心中或只在表情上展現；強度越高的，會加上「動作、聲音」來傳達。另外，同樣是加上「物」，也會因自然界的震撼（火、雷、天），將生氣的表現發揮至極致。以後要表達情緒時，就不會只是用生氣、高興、難過這些詞而已。

練習：強度歸類，由弱至強，發現不同程度的情緒用語。

心裡甜甜的、喜上眉梢、高興、開心
↓
心花怒放、雀躍萬分、喜不自禁、欣喜若狂（以動作表現）

真討厭、可惡
↓
咬牙切齒、恨得牙癢癢（以牙齒來形容）
↓
火冒三丈、暴跳如雷、怒氣沖天（以自然物來形容）

悶悶不樂
↓
心頭一酸，淚忍不住落下（以眼淚來形容）
↓
泣不成聲、痛哭失聲、叫苦連天（發出聲音）
↓
苦不堪言、心灰意冷、絕望（悲傷到發不出聲）

三、結合戲劇表現出情緒語調、表情及動作

情緒需要在真實情境下練習，才能引發出來，「心理劇」和「角色扮演」就是運用這樣的原理。在「小貓學園裡的汪汪」一文中，所要呈現的重點是感嘆修辭的使用：多半用在感情比較強烈、須一吐為快時，但文句中不可硬性添加，不然就成了無感而嘆，反而失去效果。讀故事時，大人可以口讀文字敘述部分，再由孩子結合情境，用適當的語調說出加上感嘆字眼的對白，體會感嘆字的妙用。有了這樣的經驗，還可以選出其他生活用語，體會練習加入不同感嘆字的效果。

練習：你要上一年級了。

↓哈！你要上一年級了。

↓嗯！你要上一年級了。

↓耶！你要上一年級了。

在「小熊兄妹的快樂旅行」一文中，重點是心情的表情和動作。關於手舞足蹈、急得團團轉、張牙舞爪、搖頭嘆氣、愁眉苦臉……這些用語，原本了解意義的孩子會有直接的幽默效果；不了解的孩子也可透過故事情境，隱約感受到這些字詞真正的意思或許理解方式與故事中的小熊略有不同（例如小熊對「面紅耳赤」的解釋是害羞，其他孩子的解釋可能是生氣），但可以引發孩子對這些字詞的好奇心。此外，加上心情的表情和動作，也是短句擴寫的方法之一。

練習：請表演出「氣得咬牙切齒」

練習：加上表情或動作，擴寫句子

例一：小飛象遺失了手錶，急著尋找。→小飛象遺失了手錶，急得團團轉，翻箱倒櫃，四處尋找。（加上動作）

例二：月考成績不及格的姊姊，心情很沮喪。→月考成績不及格的姊姊，愁眉苦臉的坐在窗口邊，呆滯的眼神望向遠

方，看來心情很沮喪。（加上表情、動作）

四、以畫圖表現隱藏在心中的畫面——學習心情的比喻

慣用的比喻用法還沒成為孩子字庫的一部分時，透過故事或圖像的安排，可幫助他們體會比喻的效果，貼切的挑動心弦。讀完「怪博士的心情調整機」和「機器人丁丁」兩篇故事後，可以給小孩一張畫有愛心的白紙，先請孩子將故事中的文句「心中小鹿亂撞」、「打開心門，看見一座美麗山谷」、「心中吊著好幾個水桶，七上八下」、「吹散心中的烏雲，心花朵朵開」等畫出來；然後再讓他們用具體圖像畫出心中的感覺，問問他們：「如果可以透視你的心，考試緊張時，裡面會是什麼景象呢？」可以激發孩子創造更多有創意的心情比喻。

其他練習詞組：心有靈犀一點通　把心一橫　刀子嘴，豆腐心

心癢癢　心如刀割　心心相印　歸心似箭　吃了一顆定心丸

五、玩心情疊字的遊戲

阿里山上的檜木，大大小小一株株排列著；高速公路上十幾二十輛汽車，一輛追隨著一輛，有秩序的行駛著。這樣的景象看起來很特別，讓人印象深刻。疊字詞就是利用這個道理，以相同的字重複使用，形容事物或動作，讓文句更傳神。我們可以找出三種疊字的方法試一試，特別將焦點擺在能讀到心情和感覺的用詞。在「淘氣公主的填字遊戲」一文中，就可以發現這樣的文字規律。

○○╳：飄飄然、悻悻然

○╳╳：喜孜孜、紅通通、醉醺醺、臭兮兮、火辣辣、暖烘烘、冷颼颼

○○╳╳：匆匆忙忙、懶懶散散、安安穩穩、扭扭捏捏、吞吞吐

吐、歡歡喜喜

六、將心情名詞加在小短文中

如果說，「識」用在名詞中可以找到「知識、膽識、見識、常識、賞識」這五識，那麼「心」用在名詞中可是奪此類之冠了。在「小巫婆的心情夾心糖」一文中，夾心糖裡包著熱心、決心、窩心、好奇心、同情心、天下父母心……琳瑯滿目的「心」，令人大開眼界。透過王子的反應，孩子可以了解各個抽象的心所傳達的感受。除了文中提到的，還有一些未用到的心情名詞，大夥兒可以腦力激盪一番。

練習一：

1. 以「心」字結尾：

孝心、用心、恆心、貪心、放心、小心、操心、真心、不甘

心、同理心、鐵了心、母子連心、苦口婆心

2. 以「心」字開頭：

心軟、心酸、心碎、心寬體胖、心血來潮、心直口快、心有餘而力不足

練習二：

請任選幾個心情名詞，寫出造句、一篇小短文，或簡述讀過的故事（如：小紅帽）。

示範

小瓜呆是個有孝心的孩子，放學後一定貼心的爲媽媽按摩，細心的協助家事，總是讓媽媽感到很窩心；此外，學習態度用心，對做學問充滿好奇心，遇到困難時能拿出恆心突破它，一點兒也不讓人操心。因此媽媽總是稱他「小甜心」，有這樣的兒子，媽媽已經心滿意足了。

適讀年段與文章難易度表

適合年段	難易度	故事篇名
低年級	★	1-7 最高的山 4-1 王小小上學 5-3 蟲蟲王子的故事
	★★	1-3 小豆豆找家 4-2 離家出走的鋼琴 4-3 老頭與丫頭 4-5 小木屋裡的妖怪 5-4 奇怪的動物園 6-6 盜仙草 7-6 淘氣公主的填字遊戲
	★★★	5-5 機器人也糊塗

適合年段	難易度	故事篇名
中年級	★	1-2 淘氣的雲 1-6 灰雞搭飛機 3-7 傻孩子與機器人 4-4 小熊學算術 4-6 巴巴國王變變變 5-6 小馬來了 5-7 原始人學說話 7-3 天使的心情遊戲
	★★	1-4 當心兒童 1-5 小鳥和獅子為什麼餓肚子？ 1-9 男生好還是女生好？ 1-10卡先生的奇妙之旅 3-3 小不點來到點心店 3-1 怪博士的神奇照相機 3-5 布娃娃 3-6 龍寶寶玩接龍 3-9 紅妖怪白妖怪 4-7 又高又矮博士的妙點子 4-8 雙雙國與單單國 5-8 皮皮的俏皮話 6-5 植物桃花源 6-7 花花公子的花花事件 7-2 企鵝爸爸父親節快樂 7-5 比傷心 7-1 我要生氣了 7-4 小熊兄妹的快樂旅行 7-10小貓學園裡的汪汪
	★★★	1-1 英雄小野狼 1-8 傻蛋滾蛋 2-4 「哎呀，我的天！」 2-5 生媽媽生孩子 2-3 好好先生和不好小姐 2-7 真正的高手 2-6 打擊犯罪的超級警察 2-8 包山包海的包大膽 2-1 火雞發火了 2-2 公平？不公平？ 2-9 開心的一天 2-10信精靈 4-9 文字聚寶盆 4-10蝴蝶寫詩 5-2 怪博士的變身槍 6-4 沙漠裡的春天 7-8 怪博士的心情調整機 7-9 機器人丁丁

適合年段	難易度	故事篇名
高年級	★	5-1 十二聲笑 6-1 福爾摩斯新探案 7-7 小巫婆的心情夾心糖
	★★	3-3 小不點來到點心店 3-5 布娃娃 3-6 龍寶寶玩接龍 3-8 巧克力小偵探 5-9 動物天堂 6-3 植物要搬家 6-2 小浮萍和世界爺 6-8 誰是外來植物？
	★★★	2-4 「哎呀，我的天！」 2-5 生媽媽生孩子 2-3 好好先生和不好小姐 2-7 真正的高手 2-6 打擊犯罪的超級警察 2-8 包山包海的包大膽 2-1 火雞發火了 2-2 公平？不公平？ 2-9 開心的一天 2-10信精靈 3-4 誰來救公主？ 3-2 書生嚇一跳 5-10森林之王的夢